DERIB + JOB

YAKARI
LA FUREUR DU CIEL

COULEURS : DOMINIQUE

LE LOMBARD
BRUXELLES

© DERIB + JOB / ÉDITIONS DU LOMBARD
(DARGAUD-LOMBARD S.A) 2009

D/2007/0086/81
ISBN 978-2-8036-2016-6

R 10/2009

Dépôt légal : janvier 2007
Imprimé en Belgique par Proost

LES ÉDITIONS DU LOMBARD
7, AVENUE PAUL-HENRI SPAAK
1060 BRUXELLES - BELGIQUE

WWW.LELOMBARD.COM

YAKARI
LA FUREUR DU CIEL

DERIB + JOB

EN CET APRÈS-MIDI DE PRINTEMPS, LE TEMPS ÉTAIT HORRIBLEMENT LOURD, D'UNE CHALEUR ACCABLANTE. LA TRIBU DE YAKARI SE TRAÎNAIT DANS LA PRAIRIE ...

CETTE FOURNAISE EST TROP ÉPROUVANTE, DRESSONS LES TIPIS.

DÉJÀ ? LES ÉCLAIREURS ONT SIGNALÉ LE RETOUR DES BISONS. TANT QU'IL FAIT JOUR, IL FAUDRAIT S'APPROCHER LE PLUS POSSIBLE DU TROUPEAU !

20 VI 95

3

SQUAW, NOUS CONTINUONS EN DIRECTION DU SUD AVEC YAKARI.

TON PÈRE OSE NE PAS TENIR COMPTE DE CE QU'A DÉCIDÉ CELUI-QUI-SAIT? POUR QUI SE PREND-IL?

MON PÈRE FAIT CE QU'IL VEUT!

YAKARI A RAISON, CORBEAU HARDI. CHACUN EST LIBRE CHEZ LES HOMMES ROUGES.

IL Y A DE L'ORAGE DANS L'AIR...

RESTE AVEC NOUS, YAKARI!

ON JOUERAIT À LA TOUPIE...

JE SUIS MON PÈRE...

...ET TA MÈRE...

2

CETTE CHALEUR ME TUE....

!?

OEIL-DE-BOUILLON EST DEVENU FOU ? IL ENFUME TOUTE LA PRAIRIE !....

...C'EST POUR ME PROTÉGER DES MOUCHES, DES TAONS,... ET DES INTRUS !

OEIL-DE-BOUILLON FERAIT MIEUX DE SE RÉFUGIER DANS LES BOIS ...

4

MARCHER JUSQUE-LÀ ? ÉLAN LENT VEUT-IL MA MORT ?

OEIL-DE-BOUILLON N'A PAS L'ALLANT D'ÉLAN LENT !

FAIS DONC ATTENTION, LOUTRE REMUANTE! TU AS FAILLI M'ASSOMMER AVEC TA PERCHE!

BELETTE EFFAROUCHÉE N'AVAIT QU'À NE PAS SE TROUVER LÀ!

MA TOUPIE EST DANS LE CARRÉ. J'AI GAGNÉ!

C'EST PAS VRAI! TU DEVAIS LA FAIRE ENTRER PAR UNE DES OUVERTURES.

PENDANT QUE TU Y ES, DIS QUE J'AI TRICHÉ...

JE LE DIS!

ARC-EN-CIEL, VIENS AIDER TA MÈRE!

GRAINE-DE-BISON, VA CHERCHER DU BOIS!

TRICHEUR!

TRICHEUSE TOI-MÊME!

PÈRE, C'EST LA PREMIÈRE FOIS QUE TU N'ES PAS D'ACCORD AVEC CELUI-QUI-SAIT...

JE SUIS PLUS IMPATIENT QUE LUI D'ÊTRE DE NOUVEAU EN PRÉSENCE DES BISONS.

TOUJOURS AUSSI HARGNEUX, CELUI-LÀ ...

PAF

REGARDE CETTE BLESSURE ! TU NE MAÎTRISES PLUS TA MONTURE ?

CHEVAUCHE DÉSORMAIS À L'ÉCART, SI TU VEUX ÉVITER LES RUADES !

ET TOI, APPRENDS D'ABORD À MONTER À CHEVAL !

LA TRIBU A LES NERFS À VIF, UN VENT MAUVAIS L'AGITE ...

ALORS, CELUI-QUI-SAIT S'ISOLA POUR INVOQUER LES ESPRITS ...

EN QUELQUES BREFS INSTANTS, LA PRAIRIE PASSA DU JOUR À LA NUIT,...

* IL S'AGIT D'UNE TORNADE. DANS LES PLAINES DU CENTRE DES ÉTATS-UNIS, CE PHÉNOMÈNE MÉTÉOROLOGIQUE SURVIENT QUAND DE L'AIR CHAUD ET HUMIDE, ARRIVANT DU GOLFE DU MEXIQUE, SE TROUVE BLOQUÉ SOUS DE L'AIR FROID ET SEC VENU DU CANADA. DE FORTS COURANTS ASCENDANTS ET DESCENDANTS SE METTENT ALORS À TOURNOYER,

SIFFLANT, RUGISSANT, LE TOURBILLON PROGRESSAIT À LA VITESSE D'UN CHEVAL AU GRAND GALOP.

11

13

LA TORNADE EMPORTAIT TOUT SUR SON PASSAGE...

QUELLE HORREUR !

VOUS N'AVEZ PAS VU OEIL-DE-BOUILLON ?

LA TEMPÊTE L'A SÛREMENT EMMENÉ AU LOIN ...

MAIS OÙ ?

PAUVRE OEIL-DE-BOUILLON ! LE REVERRAI-JE UN JOUR ?

LUI QUI S'ÉTAIT FAIT TELLEMENT DE MAUVAIS SANG QUAND J'AVAIS DISPARU CHEZ LES CORBEAUX ...*

17

OEIL-DE-BOUILLON TOURNOYAIT TOUJOURS ...

* LIRE "LE VOL DES CORBEAUX"

19

JE NE RETROUVE PLUS MON CHEVAL...

MON TIPI S'EST ENVOLÉ AVEC TOUT CE QU'IL ABRITAIT !

TU AS REVU OREILLE TOMBANTE ?

IL A DÛ FUIR QUELQUE PART...

J'AI ÉTÉ SOULEVÉ EN L'AIR, QUAND JE SUIS RETOMBÉ À TERRE, J'ÉTAIS TOUT NU...

J'AI PERDU CONSCIENCE ET JE ME SUIS RÉVEILLÉ DANS LA RIVIÈRE...

CELUI-QUI-SAIT N'EST PAS REVENU... JE L'AVAIS VU S'ÉLOIGNER À CHEVAL DANS CETTE DIRECTION.

LE PÈRE DE YAKARI A-T-IL APERÇU LE CHAMAN ?

NON, NOS CHEMINS DIVERGEAIENT...

19

QU'UN GROUPE PARTE IMMÉDIATEMENT À SA RECHERCHE !

CORBEAU HARDI LE CONDUIRA !

ET ŒIL-DE-BOUILLON ?

NOUS ALLONS T'AIDER À LE RETROUVER, ÉLAN LENT. D'ACCORD, PETIT TONNERRE ?

CE LIEU NOUS EST HOSTILE.

RÉUNISSONS CE QUI RESTE DU CAMP ET ALLONS PLANTER NOS TIPIS LOIN D'ICI.

20

LE JOUR DÉCLINANT...

QUELLE TEMPÊTE MONSTRUEUSE ! J'AI EU CHAUD AUX PLUMES !

MOI AUSSI ! NOUS L'AVONS ÉCHAPPÉ BELLE !

! ?

22

KLAK KLAK ... DEPUIS QUE KLAK, J'AI ÉTÉ ENLEVÉ, KLAK, DANS LES AIRS ...

KLAK, JE KLAK, N'ARRÊTE PAS ... KLAK KLAK

...KLAK DE CLAQUER DES CROCS ... KLAK

KLAK

KLAK

DES DÉGÂTS... PARTOUT !

J'AI DE PLUS EN PLUS PEUR POUR OEIL-DE-BOUILLON.

22

ET MAINTENANT ... KLAK JE SUIS TOUT SEUL SUR LA TERRE ! WOUAAAH !

?

GLOU-GLOU

DES DINDONS !*

* JADIS, LE DINDON VIVAIT EN LIBERTÉ DANS LES FORÊTS DE LA PLUS GRANDE PARTIE DU TERRITOIRE AMÉRICAIN. IL A ÉTÉ DOMESTIQUÉ PAR LES ESPAGNOLS, QUI L'ONT INTRODUIT EN EUROPE VERS 1520.

25

MON CALUMET !

OREILLE TOMBANTE ! DES DINDONS ! JE RÊVE OU QUOI ?

MAIS... OÙ SUIS-JE ?

AAAH !

QU'EST-CE QUE JE FAIS DANS CET ARBRE ?

24

ÇA ME REVIENT...! QUEL CAUCHEMAR ! IL FAUT QUE JE RÉCUPÈRE !

RRR ZZZ

?

PENDANT CE TEMPS...

ARRÊTONS-NOUS, NOUS NE LE TROUVERONS PLUS CE SOIR.

ET PUIS ZUT!

JE ME CONTENTERAI D'UN CAMPAGNOL.

SNIF SNIF

27

SLURP!

OREILLE TOMBANTE!

?

29

QUELQUE PART DANS LA PRAIRIE ...

OEIL-DE-BOUILLON AYANT RACONTÉ CE QU'IL LUI ÉTAIT ARRIVÉ ...

28

RIEN DE CASSÉ ?

HEUREU- SEMENT !

JE DEVRAIS ME DÉGOURDIR UN PEU LES JAMBES.

AIDEZ-MOI !

ÇA VA ?

COUCI- COUÇA...

PFFF !

?

CETTE MARCHE M'A ÉREINTÉ...

J'AI BESOIN DE REPRENDRE DES FORCES...

IL EXAGÈRE !

RRZZ RR

30

IL N'ARRIVERA JAMAIS À SE TRAÎNER JUSQU'À LA TRIBU !

LA TRIBU ? ENCORE FAUDRAIT-IL SAVOIR OÙ ELLE EST, MAINTENANT...

ZR²

AVEC TON FLAIR, TU LA RETROUVERAS VITE.

J'Y VAIS !

ALORS, COMMENT FAIRE ?

L'INSTALLER SUR UN TRAVOIS.

RR²

QU'EN PENSES-TU, PETIT TONNERRE ?

JE N'EN SERAIS PAS À MA PREMIÈRE CORVÉE !

DÈS QU'OREILLE TOMBANTE EUT REPÉRÉ LA TRIBU...   31

MON NEZ NE ME TROMPE JAMAIS !

33

...IL REJOIGNIT SES AMIS.

LA CONSTRUCTION DU TRAVOIS NE DÉRANGEA PAS BEAUCOUP OEIL-DE-BOUILLON...

JE SAIS OÙ ELLE EST.

BRAVO, OREILLE TOMBANTE !

TU NOUS GUIDERAS.

LES DINDONS T'ONT SAUVÉ LA VIE !

NON !!!

DITES-DONC, LES DINDONS, VOUS ÊTES DRÔLEMENT COURAGEUX...

...ET FIERS DE L'ÊTRE !

RRZZ

SI ! UN SERPENT ALLAIT TE PIQUER !

NON...

LE TEMPS D'ATTELER PETIT TONNERRE ET D'INSTALLER OEIL-DE-BOUILLON ...

METS-Y UN PEU DU TIEN !

R...

ENCORE MERCI, LES DINDONS !

33

...EN AVANT !

JE ME POSE UNE QUESTION : À PART DORMIR, QU'EST-CE QU'IL SAIT FAIRE, CE CHASSEUR ?

RRZZ

BONNE QUESTION !

PLUS TARD...

ARRÊTONS-NOUS POUR BOIRE.

ZᶻᶻPR

ENFIN !

?

REGARDE !

LE BÂTON DU CHAMAN !

CELUI-QUI-SAIT EST PEUT-ÊTRE TOMBÉ DANS L'EAU ...

JE M'ATTENDS AU PIRE ...,

35

...IL FAUT QUE JE RETROUVE NOTRE CHAMAN. CONTINUEZ SANS MOI !

ZᶻᶻRR

CORBEAU HARDI CHERCHE SÛREMENT DANS UNE AUTRE DIRECTION. SINON, IL AURAIT VU CE BÂTON ...,

AU PIED DU SINISTRE ROCHER...

RIEN !

QUE VA DEVENIR LA TRIBU SANS CELUI-QUI-SAIT ?

TOUJOURS RIEN !

!?

HÉ !

?

YAKARI !

TOI AUSSI TU T'EN ES TIRÉ !

TANT BIEN QUE MAL ...

RACONTE !

38

...TANDIS QUE JE TOURBILLONNAIS, J'AI SENTI QU'ON S'AGRIPPAIT À MA QUEUE...

...PUIS QU'ON M'ARRACHAIT UNE TOUFFE DE CRINS...

C'ÉTAIT OEIL-DE-BOUILLON. LUI AUSSI EN EST RÉCHAPPÉ!

SOUDAIN, LE VENT FOU S'EST CALMÉ... ALORS J'AI COMMENCÉ À DESCENDRE EN PLANANT COMME UN OISEAU ... ET POUR FINIR, JE ME SUIS POSÉ TOUT DOUCEMENT DANS DE HAUTES HERBES.

INCROYABLE...*

* ...MAIS VRAISEMBLABLE. SI LES TORNADES TUENT CHAQUE ANNÉE, ELLES ÉPARGNENT PARFOIS CEUX QU'ELLES EMPORTENT DANS LES AIRS. AINSI, DES CHEVAUX ONT COUVERT TROIS KILOMÈTRES AVANT DE SE RETROUVER, INDEMNES, SUR LE TOIT D'UNE ÉCURIE. DANS UNE FERME DU KANSAS, DES ENFANTS QUI DORMAIENT SUR UN MATELAS ONT ÉTÉ ASPIRÉS PAR LA FENÊTRE DE LEUR CHAMBRE ET NE SE SONT RÉVEILLÉS QU'AU MOMENT DE L'ATTERRISSAGE, APRÈS UN VOL DE PLUSIEURS CENTAINES DE MÈTRES.

37

J'AI MIS LONGTEMPS À REPRENDRE LE DESSUS, TELLEMENT J'AVAIS ÉTÉ SECOUÉ.

MAIS L'ENVIE DE BROUTER A ÉTÉ PLUS FORTE QUE TOUT...

... ET ME VOILÀ EN TRAIN DE BOIRE À MA SOIF.

TU REVIENS DE LOIN !

DIS ... CE BÂTON ...

OUI, C'EST CELUI DE NOTRE CHAMAN, JE L'AI TROUVÉ EN AVAL ...

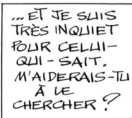

... ET JE SUIS TRÈS INQUIET POUR CELUI-QUI-SAIT. M'AIDERAIS-TU À LE CHERCHER ?

BIEN SÛR, MAIS LA NUIT VA TOMBER ET J'AIMERAIS TANT DORMIR ...

38

REPOSONS-NOUS ICI.

ET CETTE NUIT-LÀ ...

IMPOSSIBLE DE M'ENDORMIR !

ZZZ

JE N'ARRÊTE PAS DE PENSER À LUI.

IL A PEUT-ÊTRE DISPARU POUR TOUJOURS...

CELUI-QUI-SAIT EST VIVANT, YAKARI.

GRAND AIGLE !

TU SAIS OÙ EST NOTRE CHAMAN ?

39

L'OMBRE LE RETIENT PRISONNIER MAIS LA LUMIÈRE LE DÉLIVRERA.

QUE VEUX-TU DIRE ?

41

VA AU-DEVANT DU SOLEIL LEVANT. TU DÉCOUVRIRAS UN CHAMP DE PIERRES, GUETTE LE MOMENT OÙ LES PREMIERS RAYONS TRANSPERCERONT L'OEIL DU LOUP-QUI-NE-BOUGE-PAS.

?

ILS ÉCLAIRERONT LA DALLE QUI CACHE CELUI QUE TU CHERCHES, MAINTENANT, DORS.

TU PARS DÉJÀ, GRAND AIGLE ?

TA NUIT SERA COURTE, YAKARI.

À PEINE GRAND AIGLE S'ÉTAIT-IL ENVOLÉ QUE YAKARI S'ABANDONNA AU SOMMEIL.

ZRZ

RRZ

L'AUBE ÉTANT ENCORE INDÉCISE....

RÉVEILLE-TOI !

SI TÔT ? POURQUOI ?

40

JE DOIS DEVANCER LE SOLEIL !

QUOI ?

GALOPE DANS SA DIRECTION !

42

41

RETOURNE À LA RIVIÈRE. SUIS LE COURANT. TU TROUVERAS LES TRACES D'UN TRAVOIS. ELLES TE MÈNERONT AU NOUVEAU CAMPEMENT DE LA TRIBU.

PRÉSENTE LE BÂTON DU CHAMAN À MON PÈRE, IL COMPRENDRA. CONDUIS-LE ICI ET DIS À PETIT TONNERRE DE VENIR AUSSI.

TU PEUX COMPTER SUR MOI, YAKARI.

EN DÉPLAÇANT QUELQUES CAILLOUX, YAKARI PARVINT À SE GLISSER AUPRÈS DE CELUI-QUI-SAIT.

COMMENT ES-TU ARRIVÉ LÀ ?

LA TEMPÊTE M'A PRÉCIPITÉ DANS CET ÉBOULIS... DES PIERRES ROULAIENT DE PARTOUT...

... ELLES ALLAIENT M'ÉCRASER QUAND LE TOURBILLON, REDOUBLANT DE VIOLENCE...

... SOULEVA CETTE DALLE ET M'EN RECOUVRIT.

43

AINSI, APRÈS S'ÊTRE DÉCHAÎNÉ CONTRE MOI, LE CIEL M'A PROTÉGÉ. POURQUOI ? SEUL LE GRAND ESPRIT LE SAIT...

TU AS DÛ TROUVER LE TEMPS LONG DANS CE NOIR...

... LE TEMPS DE REGRETTER DE N'AVOIR PAS ÉTÉ MIEUX INSPIRÉ.

JE NE COMPRENDS PAS...

RAPPELLE-TOI CE TERRIBLE APRÈS-MIDI, L'AIR ÉTOUFFANT QUI TOURMENTAIT LA TRIBU PRÉSAGEAIT FORCÉMENT LE PASSAGE D'UN TOURBILLON DÉVASTATEUR.

ET TON CHAMAN N'A PAS PRESSENTI L'IMMINENCE DU PÉRIL. TOUT AU CONTRAIRE, IL A DÉCIDÉ QU'ON DRESSERAIT LES TIPIS AU CŒUR DE CETTE FOURNAISE!

TON PÈRE A ÉTÉ MIEUX INSPIRÉ. IL VOUS A EMMENÉS, TA MÈRE ET TOI, LOIN DE CES LIEUX HOSTILES.

CHACUN PEUT SE TROMPER...

...MÊME UN GUIDE APPELÉ CELUI-QUI-SAIT!

SITÔT ARRIVÉS SUR LE CHAMP DE PIERRES, LES CHASSEURS DÉLIVRÈRENT LE PRISONNIER DE L'OMBRE.

UN PEU DE PEMMICAN ET QUELQUES GORGÉES D'EAU SUFFIRENT À REDONNER DES FORCES AU CHAMAN.

QUI REVOIT LA LUMIÈRE NAÎT À NOUVEAU.

C'EST GRÂCE À LUI QUE JE T'AI RETROUVÉ!

MERCI, YAKARI.

46

LA TEMPÊTE N'A PAS ÉPARGNÉ LE CHEVAL DE CELUI-QUI-SAIT.

LE PAUVRE !

IL GALOPE DÉSORMAIS DANS LES PRAIRIES ÉTERNELLES.

ET SI TU LE REMPLAÇAIS ?

SERVIR DE MONTURE À UN CHAMAN ? QUEL HONNEUR !

45

YAKARI, ACCOMPAGNE CELUI-QUI-SAIT AU CAMPEMENT. TON PÈRE VA MAINTENANT AU-DEVANT DES BISONS.

CORBEAU HARDI LE SUIT.

47

LE CIEL A APAISÉ SA FUREUR ...
TON PÈRE ET CORBEAU HARDI
SE SONT RÉCONCILIÉS ...
LA TRIBU RETROUVE LA PAIX
DANS LE CERCLE SACRÉ.

À PROPOS, COMMENT VA OEIL-DE-BOUILLON ?

LA DERNIÈRE FOIS QUE JE L'AI VU, FIGURE-TOI QU'IL DORMAIT !

NON ...

FIN

DERIB + JOB

11 VI 96

LE DINDON
Fiche d'identité

Famille : Méléagrididés

Régime alimentaire :
Omnivore

Géographie :
Amérique du Nord, Europe

Rapport à l'homme :
Sauvage / Domestiqué

LE DINDON

Glouglouglou, voici le dindon ! Originaire de l'Amérique du Nord et du Mexique, il a été domestiqué par les Aztèques bien avant l'arrivée de Christophe Colomb. Puis il a été exporté en Europe.

C'est un **oiseau** farouche, batailleur, un vrai tyran de basse-cour qui houspille en glougloutant tous les autres volatiles.

Il y a plusieurs races de dindons. Le plus gros est l'américain : 10 kilos, un mètre 20 du bout du bec à l'extrémité de la queue. On l'appelle aussi *mammouth*. Il porte une espèce de **barbe** de longs poils sur le haut de la poitrine. Son plumage est de couleur bronze irisé, mêlé d'un vert métallique.

Yakari et les dindons

Après la tornade qui a détruit le campement de sa tribu, Yakari est parti à la recherche d'Oeil-de-Bouillon, le chasseur roupilleur. Grâce au chien Oreille Tombante, il l'a trouvé endormi dans un arbre, entouré de dindons bienveillants... (*La Fureur du ciel*).

La femelle du dindon est la **dinde**. Elle pèse la moitié du mâle.

Vers l'âge de deux mois, les **dindonneaux** muent. Les **excroissances charnues** qu'ils portent sur la tête et qui pendouillent à leur cou commencent à se développer et prennent leur couleur définitive. On dit alors qu'ils « mettent le rouge ». Une fois cette crise de croissance passée, ils deviennent très robustes.

Ce que Yakari ne pouvait pas savoir

Aux États-Unis, la dinde rôtie est le plat principal du *Thanksgiving*, devenu fête nationale en 1863.

On l'entoure de pommes de terre en purée, d'une gelée d'atocas (baies rouges acidulées), de haricots verts, de maïs en épi, de tartes de citrouilles, de noix et de fruits.

Myrtilles, fraises, graines, glands, insectes (4000 par jour, surtout les sauterelles) constituent leur menu.

APPRENDS EN T'AMUSANT AVEC YAKARI

Jouer
Où suis-je ?

Pour me trouver sur la grille, suis les indications que je te donne et marque d'une croix chaque dessin que tu rencontres.

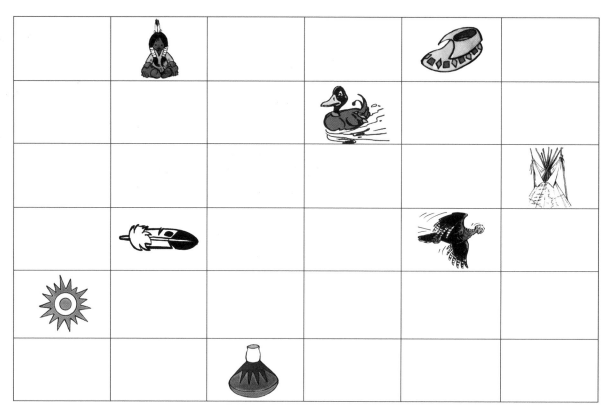

Je suis à droite du soleil

Je suis au-dessus du vase

Je suis en dessous du canard

Je suis à gauche du tipi

Je suis en dessous du mocassin

Je suis à droite de la papoose

Je suis à droite de la plume

Je suis....

SOLUTION : Je suis le dindon.

Compter
Calcul mental : le poids du dindon
Le plus gros des dindons pèse 10 kilos. Combien pèse la femelle d'un dindon deux fois moins lourd, sachant que la dinde est toujours deux fois plus légère que le dindon ?

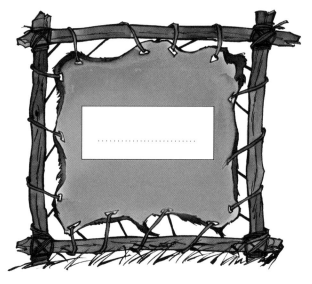

Lire
Une phrase trompe-oreille !
La répétition des mêmes sons donne parfois l'impression de parler une autre langue. Peux-tu rétablir la vraie phrase ?

Didondinaditondudodundodudindon !

SOLUTION : Didon dîna, dit-on, du dos d'un dodu dindon.

SOLUTION : 2 kilos et demi.